KB268671

우리 시대 현대시조 100인선 58

허공의 길을 걸어서 그대에게 간다

전 원 범

태학사

우리 시대 현대시조 100인선 58

허공의 길을 걸어서 그대에게 간다

초판 인쇄 2000년 12월 28일 • 초판 발행 2001년 1월 1일 • 지은이
전원범 • 펴낸이 지현구 • 펴낸곳 태학사 • 주소 서울시 서초구 서초
2동 1357－42 • 전화 (02) 584－1740 (代) • 팩스 (02) 584－1730 • e-mail
thaehak4@chollian.net • http://www.thaehak4.com • 등록 제22－1455호

ISBN   89-7626-624-2   04810 • ISBN   89-7626-507-6   (세트)

ⓒ 전원범, 2001
값 5,000 원

☞ 저자와 협의하에 인지를 생략합니다.
☞ 파본은 구입한 곳이나 본사에서 바꾸어 드립니다.

제2부 녹우당(綠雨堂) 가는 길

그 사람	45
영산강(榮山江)	47
추석(秋夕)날에	49
아버지	51
삶	52
맨몸으로 서는 나무	53
팽이	55
그믐달	57
선운사 마애불(禪雲寺 磨崖佛)	58
갈재	60
목련(木蓮)으로 피어	62
남강(南江)	63
이름 하나	64
녹우당(綠雨堂) 가는 길	66
감꽃을 주우며	68
아파트에서 · 1	69
아파트에서 · 2	70
상사화(相思花)	71

▶ 중국 방문 때 노신동상
앞에서(1993)

▼ 백두산 천지에서(1993)

저

거
벌
강
대
설
목
바다
꽃·
꽃·
가을
목재
석류
독백
독백
목련
바늘
가락지
고추짐
모양성

◀ 박사학위 수여 기념식에서
 (1993)

▼ 미국 방문 때 링컨 기념관에서
 (1988)

제3부 초롱꽃 하나

초롱꽃 하나	75
서석대(瑞石臺)	77
강강수월래	78
연(鳶)을 띄우며	80
연	81
초야(初夜)	83
에밀레종	84
무궁화	86
오월(五月)이면	88
실	89
백마강(白馬江)	90
낙화암(落花岩)	92
방장산(方丈山)	93
백자(白瓷)를 닦으며	95
신발	97
사루비아	99
어머니 · 1	100
어머니 · 2	101
선운사(禪雲寺)	102

동해(東海)   103

무등산(無等山)·1   104

무등산(無等山)·2   106

제4부 거울 앞에서

바람 소리   111

서해(西海)에서   112

램프   114

생각   116

법성포(法聖浦)   118

변성기(變聲期)   120

걸어가는 나무들   123

임진강   125

거울 앞에서·1   127

거울 앞에서·2   129

유달산(儒達山)   131

사슴   133

지리산 철쭉   135

채석강   136

나무 · 1   137
나무 · 2   139
나무 · 3   141

해설 고귀한 정신주의 혹은 외로움에 대한 성찰 · 염창권   143
전원범 연보   163
참고문헌   165

제1부 거미가 되어

거미가 되어

하늘이 흔들리며 다가오는 자리에다
밟혀 오는 얼굴 하나
매달아 놓고
한 가닥 줄을 타고서
밤에도 낮에도 간다.

은실 하나 이끌고
허공의 길을 걸어서
나 거미가 되어 그대에게 간다
잎 다 진 고갯길에서
바람으로 만나는 우리

벌레 두 마리

잘 익은 복숭아 속에
벌레가 두 마리

아내여 우리는
복숭아 속 벌레다

속 깊은 내원(內園)에 갇혀
오도 가도 못하는

강물 소리

돌아올 줄 모르는
강물을 바라보며
돌아올 수 없는 사람을 생각한다
가고는 다시 못 오는 것이
어찌 저 강물뿐이랴

그대 가슴과 내 가슴으로
흐르는 미리내 한 자락
오랜 날을 뒤척이며
속 울음 우는 강
오가는 사연이 깊어
흐르는 저 소리뿐

대춘(待春)

일천 문을 열어 놓고
오는 봄을 맞는다
녹차 한 잔을 입 안에 담으면
온몸을 휘감아 도는
그대의 여운

강둑 길을 우리 함께
걸어가 보자
물 불은 강이
살아나고 있지 않는가
은밀한 풀잎들의 교신(交信)
그대 낮은 목소리

설야(雪夜)

흰 눈이 오는 날은
누군가 꼭 올 것만 같다
허물어지는 어둠 속에
희게 빛나는 생각
목숨을 흔들어 깨우듯
다가오는 발자국 소리

이승과 저승의 문이
모두다 열리는 날
천야 만야 쏟아져서
그대로 내리는 하늘
누군가 간절한 절망으로
부딪치는 영혼들

산과 산을 이어서
들과 들을 이어서

눈부신 순백의

화해로 다가오는 것
그리운 너의 소식처럼
흰 눈이 내린다.

목어(木魚)

돌아오는 사람과
떠나는 사람들이

나무의 잔가지를
낮게 흔들며 지날 때

하늘 그 푸른 자리에서
따라 흔들리는 목어(木魚) 하나

언젠가 떠나야 할
두려움 때문에

허무의 새만
무시로 날리다가

그렇게 몸이 굳어서
매달리어 있는가.

바다

빈 조개 껍질에
파도 소리가 쌓인다
지워도 지워도
안으로 내리는 비
눈 가득
파아란 물살
온몸으로 젖어 온다.

만나야 할 사람들을
물빛 저쪽에 두고
짙은 빛 뉘우침의
뜨락으로 내려서면
아픔의
기억 끝으로
날아오는 갈매기 하나.

여인(女人)의 두 손이
흰 건반에 닿으면

밤마다 소리는
신발에 와 고이고
생각이
미치는 곳마다
물결이 일어선다.

꽃 · 1

임천강 물살을 거스르던 은어(銀魚)였다가
병풍산 바위 서리 어우러진 꿈이었다가
언제나 내 안에 지던 너의 순한 그 눈매

바람에 묻어 나던 왁자한 소문들이
보리밭 이랑 사이 신명나게 흐르더니
지금은 어느 들녘에 꽃이 피어 있는가.

꽃 · 2

하얀
덧니를 내놓고
속으로만
웃다가

생각의
깊은 곳에
모닥불을
놓아둔 채

누군가
호명(呼名)할 때쯤
꽃이 되어
떠난
사람

가을에

그 짙은
생각들을
하나씩
거두면서

한 조각
하늘이
오동잎으로
지면

가만히
받치는 씨앗
뉘우침의
빛
하나

목재소(木材所)의 밤

늘 몸살을 앓던
밤이 무너지고 있다
수천의 손끝에 감행(敢行)된
켜켜의 아픈 결
자르는 톱니 사이로
시간들이 쌓인다.

한 토막씩 쳐내는
야망은 살아서
아픈 내 팔뚝의
깊은 동통(疼痛) 속으로
썰어도 썰어 내어도
일어서던 통나무.

원시의 숲 속에서
잎을 비비던 생각의
미명의 어디쯤
씨 뿌리던 손들의

한 그루 싱싱한 나무
자라 오는 소리들.

벌목(伐木)의 소리가 들린다
나무들이 일어선다
밤의 한가운데
목재소(木材所) 부근(附近)
어둠을 빠개는 소리
도끼 소리가 울린다.

석류(石榴)

빛으로 짜 올려서
주름잡힌 나날이

우러르는 먼 하늘에
눈시울로 젖어 와서

안으로 번지는 색깔
불빛 되어 내린다.

그토록 빨갛게
씻어 오던 노을인데

모질게 살아온 손끝
한 줌 소금을 놓으면

닦이는 이빨 사이로
부서지는 시간들

별빛이 지는 곳마다
아픔으로 맺혀서

짜개지는 가슴속을
몸살로 태우다가

한 그루 나무가 되어
다가오고 있구나.

독백(獨白)·1

할 말이야
많지만
꽃을 심어 달랜다.

시끄러운
사람들이
모두 다
떠나간 뒤

뒤란에
피는 한 송이
깨꽃처럼
타리라.

독백(獨白)·2

몇 구절 시를 읽으며
행간(行間)을 내려서듯
겨울 난 보리밭 새
바람으로 거니노라면
몸으로
물이 오르며
치미는 한 목숨.

날마다 앉아서
맑은 귀나 씻을 일이지
입은 두었다가
밥이나 먹을 일이지
보기는
무엇을 보며
가기는 어디를 갈까.

저려 오는 나날의
이빨을 세우다가

아무도 없는 빈 벌에
물빛으로 살아나서
어느 날
몸살을 풀어
강물로나 울리라.

목련(木蓮)

잎 진 동목(冬木)의 아픔
그대로 받아 안고

겹겹의 사연을
바람으로 풀어내며

가만히 다가와 서던
잊을 뻔한 그 사람.

청산을 넘나드는
학(鶴)의 흰 깃으로

서러운 하늘가에
스사로 일어서서

정갈한 보법(步法)으로 와
말없이 서는 여인.

바늘

익모초 생즙같이
쓰디쓴 세상살이
숱한 나날을
안으로 받쳐들고
가난의 이랑을 짚어 온
당신의
손끝.

참깨모 들깨모
포기포기 옮겨 심듯
목숨을 받들어
꽃등을 달고
실 끝에 정(情)을 이으며
수(繡)를 떠 온
그 바늘 소리.

내 작은 주소에
빛이 야윌 때

마음 닿는 곳마다
또 하나 기도(祈禱)를 놓고
금간 생각을 깁는
눈물의
아내여.

이제
어둠이 사위는
시간의 굽이를 돌아
등솔기를 저며 오는
몇 행의 기쁨으로
한 가닥
실을 풀어서
꿈빛 연(鳶)을 띄우세.

가락지

은수저로 뜨이는
그대 맑은 기도는
사념(思念) 가장 깊은 곳
눈으로 터서
살 속의
앙금이 되어
굴러 오고 있구나.

잠들어 있는 시간에만
조금씩 일어서서
겹겹이 말아 오는
추억의 물살
한 가닥
실로 이어서
동그라미만 그린다.

안으로 안으로
안기는 여자의

가는 경련으로
부딪쳐 오는 소리
삶이
배인 자리에
금은(金銀)으로 와 놓이네.

고추잠자리

한 백 년 전 우리 할머니
디딜방아 찧는 소리
그 매운 개자(芥子)씨의
아픔으로 날아와
내 가슴 좋이 찧으며
묻어 오는 슬픈 앙금.

눈물 배인 굽잇길에
아픔으로 돌아와서
지워도 지워도 떠오르는
우리들의 사연(邪戀)
치솟아 타오는 목숨
불티처럼 맺히느니

나서 돌아가고
또 나서 돌아가고
잡힐 듯 잡힐 듯
흩어지는 생각으로

어느 먼 기류(氣流)를 돌아
소리 없이 떠나는가

눈썹에 맺히는
쪽빛 가을 하늘
아픔의 빈자리에
바람 떼로 내려앉아
새하얀 메밀꽃처럼
부서지는 지난날.

모양성(牟陽城)*에 오르며

살 냄새로 익어 가던
뜨거운 보리밭

귀에 밟히는
솔바람 소리에

오늘도 성채(城砦)를 돌아
공북루(拱北樓)에 오른다.

맨 살의 바람에
잎잎으로 살아나

초롱불 돋우며
높여 가던 그 의기(義氣)

시대(時代)의 빈자리에서
소리 없이 울어 온 음계(音階)

흙에서 살을 받아
목숨으로 부비면서

아비는 자식을 낳고
자식은 또 자식을 낳아

그토록 오오랜 세월
지켜 온 울 안이여.

몇 번을 돌고 돌아도
다함이 없는 기다림.

내 안에 네가 있고
네 안에 내가 있어

갈맷빛 짙어 온 자리
산그늘이 내린다.

* 모양성(牟陽城)＝고창읍성(高敞邑城)

제2부 녹우당(綠雨堂) 가는 길

그 사람

물 오른 내 가슴에
사금파리 놓고 간 사람
옷섶 안에 꽃물 들이며
불붙어서 살던
여자야
계절(季節) 밖 어디메쯤에
새가 되어 날고 있는가.

산은 늘
다가와서
내 안에 쓰러지는데
들길을 헤매는
한 마리 짐승이 되어
허허한
그 바람 속을
고개 숙여 걷는다.

맨살의 아픔으로

저며 오는 너의 눈빛
속 깊은 자리에
풀무 하나 묻어 두고
이 가을 물이 들어서
젖어 오는 사람아.

영산강(榮山江)

몇 백 년 길이 들은
가난의 이랑마다

신변(身邊)을 살피듯
내리는 그의 저음(低音)

우리네
못다 한 노래로
울어 오던 영산강.

열두 굽이를 감아도
풀리지 않는 그대의 한(恨)

아픔의 언어가
가라앉은 저 물 소리

한 마디
내색도 못하고

넘쳐 오는 사연들.

구부러진 한 시대의
아픔을 씻어 내며

아려 오는 추억으로
몸살을 하다가

바람 벌
빈자리에서
서성이는 강이여.

추석(秋夕) 날에

달리는 산줄기와
흐르는 물 사이
아득한 곳에서부터
다가오는 이 가을
설레는
가슴으로 또
천고(千古)의 달을 받는다.

모두가 만나서
서로 합하던 자리
아시시 떨려 오던
고향 그 옛 동산
수수밭
이랑 사이로
걸어오던 사람들.

넘쳐 오는 나날 속에
달은 더 둥글게 떠오르고

솔가지 내음 속에
차오르는 하루여
창호지
갈피 사이로
계절 하나 지난다.

아버지

생각 한 귀 접어서
띄워 울리는 종이 연
매만지던 손끝의
허허한 자리마다
언제나 되살아 오는
아버님 그 얼굴.

생애(生涯)를 땅에 묻으며
나무로 서시더니
내 마음 한 복판에
가지로 뻗어 와서
하나의 등촉(燈燭)이 되신
아버님 그 말씀.

삶

들풀은 들풀끼리 서로가 어우르고
강물은 강물끼리 만나서 흐르듯
인연(因緣)의 연(鳶)실에 얽혀 살아가는 우리들.

생각 끝에 와 닿는 하나의 연서(戀書)처럼
언제나 깊이 모를 떨림으로 다가와
갈대로 흔들리면서 바장이는 우리의 삶.

너의 가슴께에 자리하는 꽃으로
이제 다시 호젓한 산길을 가다가
주름진 나이로 서서 잎 하나를 떨군다.

맨몸으로 서는 나무

마음의 눈물마저
흘릴 곳이
없어서

마음에 없는
눈물만
조금씩 흘리다가

가진 것
다 내어 주고
맨몸으로 서는
나무.

웃자란 슬픔들이
어깨에 내릴 때

은사시나무 잎으로
하루 내내

혼들리다가

또 다시
강을 건너며
별 하나를 지운다.

팽이

이 고독한 운동으로부터
벗어나고 싶다
남루(襤褸)한 탈을 벗고
쓰러지고 싶다
품계(品階) 밖 저만치 서서
물구나무라도
서고 싶다.

죽어도 눈감지 못할
그리움 하나 때문에
한 벌뿐인 목숨을
감아 온 마디마디
이제는 문 밖에 서서
혼자라도
돌고 싶다.

풀리는 태엽으로
하루를 보내며

헛짚어 온 나날을
털어 내면서
참된 내 자리에 와서
맷돌이
되고 싶다.

그믐달

내 나이 세 살 적에
돌아가신 어머니

세상에 날 심어 두고
저승으로 가시면서

못 잊어
돌아 돌아보다가
조각달로 뜨는지.

선운사 마애불(禪雲寺 磨崖佛)

몇 만 개의 밤을 걸어서
여기에 당도했는가
근심으로 물든 만리산하(萬里山河)
차고 푸른 시간의 층계에
달 하나
띄워 놓고서
말없이 서 있다.

눈으로 한 천년쯤
가슴으로 한 오백년쯤
산(山) 하나 속에 감추고
바람을 감으면서
범종이
울릴 때마다
따라 울던 그 법신(法身).

어디쯤 먼 하늘에
동종(銅鐘) 하나 달아 놓고

억만 겁 지고 온 번뇌
풀빛으로 닦아 내며

헐리는
산 그림자에
업(業)을 쓸고 있구나

갈재

목란(木蘭)마을 지나서
정읍군(井邑郡) 신월리(新月里)까지

구름처럼 넘었던
수많은 남정네들

그 옛날 발걸음 따라
갈재를 넘는다.

만대(萬代) 수심(愁心)으로 가라앉은
저 푸른 바다하며

땅을 짚고 일어서는
수수만의 나무들

동학년(東學年) 그 바람들이
지금까지 불고 있다.

아프게만 흐르는
둥둥한 물굽이로

뜨거운 혼백들이
고 하나 풀지 못하고

비끼는 노을 사이로
맴돌고만 있으니.

목련(木蓮)으로 피어

바라보고 있으면 곧잘
내 안에 떨어지던 별

잊었던 곳 빈터에
심어 둔 우리 이야기

이제는 목련으로 피어
흔들리고 있네.

나는 너에게 감춰 둔
하나의 비밀이었고

너는 내가 간직한
또 하나의 아픔이었다.

젖은 밤 창가에 와서
별 하나 지는구나.

남강(南江)

이름이 서러워라
그대 곁에 와 서노니

청대 숲 바람의
잎 비비는 소리만

역사의 저 안개 속에
파랗게 일어선다.

이름 하나

지울 것 다 지우고
버릴 것 다 버리고도

차마 떨치지 못하여
남겨 둔
눈빛 하나

일월(日月)
그 저쪽에 서서
서성이고 있을
너.

가을 떠난 빈자리에
메마른 가지로
서서

하얀달 내걸어
불을 켜다가

내 영혼
깊은 곳으로
떨어지는
이름이여.

녹우당(綠雨堂) 가는 길

물빛도 산 빛도
다 내리는 가을날

삼세(三世)의 연(緣)을 풀어서
고산(孤山)을
만나러 가다가

전생(前生)에 갖고 놀던 꽃
금강초롱만
보았다.

흰 구름 몇 점이
부질없이 떠 있는
자리

못 견딜 만큼의
그리움으로

어디쯤 떠나갔는지

초롱꽃
울리는 소리만
귓가에 쌓이네.

감꽃을 주우며

가지 하나 흔들면
따라서 흔들리는 하늘

하늘 그 빈자리에
오월이 또 오면

잊었던 얼굴 하나
가만히 다가온다.

가장 은밀한 곳에
숨겨 놓은 이야기는

보이지 않는 곳에서
조금씩 흔들리다가

별들이 우수수 지듯
감꽃으로 내린다.

아파트에서 · 1

사람 위에 사람 있고
사람 밑에 사람이 있는

높으면 높은 대로
낮으면 낮은 대로

언제나 흔들리는 삶
물 위의 부표(浮標) 같은 것

아파트에서 · 2

아파트 엘리베이터가
갑자기 고장났다.

아무리 두들겨도
문은 열리지 않고
이승의
좁은 공간이
저승으로 바뀌었다.

허공 몇 평 세내어
등을 기대어 온 우리네 삶

삶과 죽음의 거리는
멀지만
이승과 저승의 거리는 언제나
지척일 뿐

상사화(相思花)

이저승을 넘나드는
인연의 끈에 매달려
꽃이 지면 잎이 나고
잎이 지면 꽃을 피우며
그렇게
애태우면서도
만나지 못해 서러워라.

그리움의 성(城)을 쌓고
기다림의 탑(塔)을 쌓아
속살까지 물들이며
흔들리고 있더니
서로가
눈에 밟혀서
떠나지도 못하는가

끝끝내 남은 말은
모두 다 불태우고

내리는 잎잎을
아픔으로 받으면서
한 자락
바람을 접어
꽃대만 세우는구나

제3부 초롱꽃 하나

초롱꽃 하나

켜 놓은 생각들을
차마 끄지 못하여

마디마디 달아 놓은
기다림의 불빛

잎마다
귀를 세우고
빗소리를 듣는구나

걸어온 삶의
얼룩을 지우며

소망 하나 접어 두고
살아온 사람

솔 그늘
지는 자리에서

흔들리고 있어라

서석대(瑞石臺)

억새꽃 희게 웃는 자리
하늘이 내려와 앉는 곳

시간이 굳어서
바위가 되더니만

누구를 넘보느라고
탑이 되어 있는가.

천년(千年)을 둘러 온 빛
만년(萬年)을 휘감아 온 빛

청산(靑山) 하나 부려 놓은
무등등(無等等) 그 마루에서

천계(天階)를 밟아 오르며
일어서는 염원이여.

강강수월래

1
달빛을 풀어서
가앙가앙 수월래

생각을 풀어서
가앙가앙 수월래

비릿한
살내음 풀어서
가앙가앙 수월래

2
사금파리마다
묻어 있는 아픈 이야기

슬픔 닿는 자리마다
걸어 놓은 구름 빛 가닥

눈물을
닦고 나서야
맑아 오는 저 하늘

3
노을을 감으며
가앙가앙 수월래

목소리를 감으며
가앙가앙 수월래

인연을
칭칭 감으며
가앙가앙 수월래

연(鳶)을 띄우며

이승을 다 감고도 남을 아픔의 실 끝
짙은 빛 소망을 얼레로 감았다가
풀리는 인연 끝에서 펄럭이는 하얀 창(窓).

접힌 듯 다시 펴며 놓이는 외로움으로
너는 늘 떠나야 하고 나는 여기 머물어
손 닿을 가직한 거리 등불을 켜 든다.

스치우는 바람의 빛깔이 고와서
부르는 소리만 하늘 가득한데
작은 내 주소 안으로 살아오는 꿈이여.

저승과 이승의 빛살이 비끼는 곳
묻어 둔 설움의 사무치던 하늘이
지금은 발자국마다 새가 되어 내린다.

연

1
얼마나 아픈
사연들이기에

구름이 쓸고 간
하늘 빈자리에서

메마른
혼백 하나로
낮게 떠서 도는가

2
투명한 빛깔로
스며 오는 그대 울음

깊고 진한 회한 속에
설레이는 그 눈빛

시뉘대
살을 깎아서
부활하는 얼굴이여

3
대나무 마디 마디로
새파랗게 일어서서

열두 달 일 년 내내
층층대로 일어서서

생각의
매듭 끝에서
바람으로 섰구나

초야(初夜)

한 가닥 바람이 마음에 와 닿으면
동방(洞房) 그윽한 곳 황촉(黃燭)이 지고
어둠의 그 깁 사이로 당사실이 얼킨다.

빛을 사르는 창호지 맑은 살결
하늘은 부서져서 별이 되어 내리고
어디서 봉사씨 터지는 아픔의 소리 하나

사연이 풀릴 때마다 펄럭이는 바람
풀어내는 실 끝에서 꽃 내음이 살아오고
어둠은 되려 밝아서 빛이 되어 스민다.

웃음 고이 접어 향 한 닢 불사르면
속살을 태우면서 눈을 뜨는 초롱꽃
그 솔빛 진한 가슴에 젖어 오는 밤이여.

에밀레종

고와도 저리 고와도
서러운 하늘 끝
동록(銅綠) 짙은 곳에 푸른 시간이 쌓여
흐르는
역사의 소리가
귓가마다 모인다.

기억의 깊은 곳에서
은은히 울리어 와
천년(千年) 종소리가
연잎에 받히면
나르는
천의(天衣)자락에
하늘 문이 열리는가

성덕대왕(聖德大王) 손 무늬는
바람으로 씻겨 가고
스치우는 용마루에

영락(瓔珞)이 부딪는 소리
헛되이
찧어 오는 건
그 먼 날의 이야기들

무궁화

눈물 그득한 가슴으로
부르고 싶은 그 얼굴
숱한 설움의
열두 폭 치맛자락
마음 속 깊이 서 있는
한 그루 푸른 나무

강산의 구석마다
한 점 한 점 지켜 오며
총열보다 뜨거운
조국의 이름으로
가슴에 물이 들어서
말이 없는 꽃이여

파아란 하늘을
잎잎으로 채우면서
해마다 꽃들은 피어
가지마다 맺히는데

접힌 땅 빈 언덕에도
타오르고 있을까

오월(五月)이면

누군가가 다가와
창 앞에 기대서듯

유리창에 밀려 와서
부서지는 계절

한 잔의 회한 같은 것
젖어드는 강물 소리.

보리밭 언덕을 넘으면
더워 오는 사연이 있어

가슴에 질러오는
그 푸르른 불길

진한 빛 보리 내음에
눈을 가만 감는다.

실

할머니
물레 소리에
감아 두었던
그
시절이.

어머니의 바느질로
깁고 깁던
그
푸른 꿈이

아내의
뜨개질 사이로
풀려 오는
실
한 바람.

백마강(白馬江)

부소산 감돌아
울어 온 천년(千年) 세월

해마다 꽃은 피어
물빛에 지는데

흘러도
못다 흐른 채
뒤척이는 사차수(泗泚水).

언덕마다 묻혀 있는
이야기와 발자국

차마 말못하여
세월만 태우다가

오늘도
가슴 그 안에

시름같이 내린다.

낙화암(落花岩)

꽃사태로 지던 그 진한 아픔들이
눈물 가득한 가슴에 노을로 번져 와서
고란사
저녁 종소리 꽃잎처럼 내린다.
오가는 사람이야 풀잎같이 흔한데
고란초는 말이 없고 물 소리만 쌓여
바람이
불고 간 자리 달빛으로 흐른다.

방장산(方丈山)

내리는 그늘만큼
오래고 먼 나날을
푸르고 짙은 하늘
가슴으로 받아 오며
벼랑끝
산란(山蘭) 하나를
불티처럼 가꾼다.

가슴에는 늘 차 있는
기도와 사랑
마음에 뿌려진
몇 개의 은침(銀針)같이
삶의 빈
골짜기마다
찔려 오던 솔가지.

세월의 동그라미 속
바람을 감고 서서

번지는 산자락에
일어 오던 그 보리밭
지금도
눈만 감으면
다가오는 산(山) 모습.

백자(白瓷)를 닦으며

잎이
질 때마다
가을은 깊어 가고
더워 오는 사연으로
목숨이
차올라서
한 덩이
가슴 사이로
푸른 달이 떠오네
채워도 채워도
비어가는
작은 영지(領地)
늘
매만져 온 손끝에
술 빛으로 익어 와서
펼쳐 든
하늘 한 자락
깃을 접는

백로(白鷺)여

신발

그토록 헤매다가
돌아와 보면
세월은 흘러가도
정만은 남아서
볕바른 댓돌 위에는
고무신이 놓인다.

작은 문패 하나에
하루를 기대면서
켜켜이 내려앉은
가난 때문에
섬돌을
내릴 때마다
점이 되던 발자국.

부끄러운 하루의
아침을 밟는다
가슴으로 걷는 자와

마음으로 받는 자
외진 곳 산모롱이에서
눈을 뜨는 삶이여.

사루비아

불티같은 내음의
매운 눈빛으로

전쟁은 녹이 슬어
손톱마다 맺히고

아픔의 발바닥으로
살아오던 가을날.

숟갈에 얹히는
하루의 무게로

가다가 문득
타오르는 불빛

띄우지 못한 누님의
몸살 같은 꽃이여

어머니 · 1

세월을 감으면서
물레 잣던 지난날
올올이 맺힌 마음
무명실로 풀어내어
긴긴 밤
밝혀 온 정성
가슴으로 차온다

밖으로 닫는 마음
인두로 누르면서
더운 정 모두어 온
들쑥 짙은 어머니 내음
열두 폭
굽이진 사랑
강물 되어 흐르리

어머니·2

간간한 살림의
살강 한 구석에
시누대 이파리 같은
시푸런 설움으로
매화꽃
등을 켜 들고
살아오신 숱한 날

매운 손끝으로
베갯잇 풀 먹이듯
더운 이마 짚어 주며
거친 가슴 빗어 주던
어머니
다순 손 사이
젖어 오는 은혜여

선운사(禪雲寺)

물빛도 흐르다가 멎어 있는
도솔산
눈 들어 바라보면
선운사가 여기인데
구름이
맴돌고 나서
갈 길마저 잊었구나.
즈믄 해 고요가
수풀에 잠들고
겹겹의 발자취가
낙엽으로 쌓이다가
동백꽃
붉은 가슴으로
눈 밝히고 있구나.

동해(東海)

깊은 밤 어디선가 들린다 파도 소리
탑 앞에 서 있어도 들려 오는 저 만세 소리
더운 피 가슴에 고여 감겨드는 푸른 물

흔들리는 배처럼 기울던 내 나라가
출렁이는 바다에서 얼마나 울었던가
세월의 발자국마다 일어서던 슬픔들

시시로 오가면서 반가울 마음인데
만나야 할 사람들을 저만큼 세워 두고
맨살의 가슴으로만 출렁이는 바다여

어디선가 들려 온다 만세 소리 파도 소리
한 시대 깊이 속에 넘쳐 오는 동해 바다
지금도 내 주소 위에 차오르는 파도여

무등산(無等山) · 1

가슴에는 와서 우는 수천의 새가 있고
시시로 돌아와서 환생(還生)하는 바람이 있고
언제나 피었다 지는 별 같은 꽃이 있다

드높은 층층대의 꼭대기에 자리하여
푸른 하늘에 젖어 생각이 잠기고
흐르는 나날 속에서 짙어 오던 그 가슴

가슴을 열어 보면 쌓이는 세월의 소리
해를 품어 토해 내는 진한 빛 빛의 소리
은은히 울리어 와서 감겨드는 석종(石鐘) 소리

안개로 차오르는 파아란 욕망의
울어도 울어도 소리 없는 그 기다림에
내리는 하늘 한 자락 노을빛을 태운다

민 길을 헤매던 발자국들이 돌아와 있는데
언덕에 묻혀 있는 그 많은 이야기로도

산은 늘 돌아앉아서 종일(終日)토록 말이 없다

무등산(無等山)·2

헝클어진 계절이
또 하나 지나고
바람밖에 남지 않은
들[野]머리 그 끝에서
이무기
한 천 마리가
소리 없이 울고 있다.

흰 뼈가 부딪칠 때마다
한 매듭씩 풀어내며
깊은 잠 속에서도
서 있는 그대 칼날
이제 막
좌선(坐禪)에 드는
아픔의 산(山) 무등이여.

마음에 한 그루씩
꽃나무를 심어 두고

비울 것 다 비운
허(虛)한 가슴 하나로
호올로
깃발이 되어
말을 잃고 있구나.

제4부 거울 앞에서

바람 소리

노상 만나지만 볼 수 없는 얼굴들의
보이지 않는 실로 짠 아픈 내력으로
기억의 가장자리에 다가오는 그림자

비닐 우산같이 시리고 아른한 꿈의 끝
어디선가 한 점 외기러기 날아가고
어디론가 떠나는 사람의 가슴에 지는잎

아득한 이랑을 갈아오는 저 발자국 소리
부스러진 시간의 모래톱을 밟으며
한 사람의 생애(生涯)에 고이는 삼세(三世)의 소리

어깨를 들고 일어나 헤매는 사람
흰 까운을 펄럭이는 천(千)의 얼굴을 본다
층계를 기어오르는 한 그림자를 본다

서해(西海)에서

귀밝혀 들으면
끝없는 톱질 소리에
해는
스스로의 무게로 익어서 내리고
시간의
빈 마디마다
푸른 물이 젖는다.

십 년이 되어도
또 십 년이 되어도
층층이 쌓이다가 풀어지던
그 이야기
차오는 그리움 속에
뒤척이는 맨살들.

떠나는 사람과
돌아오는 사람들의
뜨거워진 가슴으로

타오르는 서해 바다
팔만사천 노을빛으로
짙어 오는 갈증이여.

램프

가슴까지 차오르는 하루의 계단 끝
기척 없이 다가와
물빛 잠을 사루다가
기억의 가장자리로
짙어 오는 생각들

넘치는 물살의
욕망은 가라앉고
하루를 살다가도 몇 번이나 지웠다 쓴
뉘우침의 가지 끝에서
타오르는 빛이여.

돌아오는 사람과
돌아가는 사람들이
마지막 출항의 등불을 밝힐 때
맨살의 가슴 위에서
출렁이는 바닷물

떠밀리는 세월 속
창마다 걸리어
보이지 않는 손 그리움의 빛깔로
누구의 여윈 가슴에
젖어 타고 있을까

생각

1

잊혔던 지난날의
눈부신 사루비아

어느 가을 뜨락에
노을로 불타는가

설움의
가슴에 차서
설레이던 그 얼굴.

2.

색 짙은 뉘우침이
눈빛을 가릴 때

외진 곳 어디메쯤
낙엽으로 내리는가

조용히
손을 모우며
부르리라 그 이름.

법성포(法聖浦)

1
돛폭을 꿰매어
삼마이배를 몬다

해풍에 감기어
돌아오는 뒷갯물

노을에 어리어 오는
진한 불빛 그 옛날.

2
깔데기나 주으면서
부서지는 조깃배

북새에 타오르는
칠산(七山)바다 그리움으로

그 짙은 갯비린내 속

젖어오는 세월들.

변성기(變聲期)

1

먼 시간 속에는 비가 내리고 있었다
나뭇잎들의 발자국 소리를 들으며
간이역 빈 좌석(座席) 위에 찬비가 내린다.

2

세월이 돌다가 감기는 자국마다
깊은 잠 어디선가 몰려오는 푸른 송도(松濤)
아득한 어둠 끝에서 일어서는 새떼 소리

3

스푼 끝에 고이는 얇은 잠을 털면서
자정(子正)의 꼭대기에 돌아와 서면
반음(半音)씩 내려앉으며 잎이 지던 가을날.

4

누구의 마음엔가 지금도 단풍잎 지고
누구의 마음엔가 호롱불 여위는 밤

한 그루 나무가 되어 옷을 벗는 서러운 나이

5

씻기는 시간들의 풍장(風葬) 사이로
계절은 늘 변절(變節)의 소리를 내며 지나고
하얗게 살을 드러내며 바람들이 웃는다.

6

연기같이 차오르는 저 발아(發芽)의 소리
꿈에만 살아나서 울어쌓는 목조(木鳥)의 소리
까만 밤 어둠을 파는 날카로운 발소리

7

간이역의 빈 좌석(座席) 위에 찬비가 내린다.
메마른 나무들이 잎을 접어 내릴 때
골 깊은 손금 사이로 어둠이 흐른다.

8
가지마다 맺혀 있는 당신의 류머티즘
빛의 층계를 밟고 올라가 보면
먼 시간 속에는 비가 내리고 있었다.

걸어가는 나무들

모두들
비에 젖어
떠나는 시간.
내 마음
한 가닥
아슬한 자리에
가슴을
그싯고 와서
다가서는 그 사람.

마지막 주고 간
몸짓
잊을 수가 없어서
젖은 가슴
하나로
걸어가는 나무들.
십이월
어둠 속에서

서성이던
여자여

임진강

잊으리라 눈감으면
벙벙히 차오르는 물 소리
접고 간 생각마다
멈추는 발끝마다
시간의
물레에 감겨
굽이쳐 온 임진강.

태없이* 오가면서
웃을 수도 있다는데
마주 서도 건널 수 없는
굳어 버린 얼굴들
한시름
안으로 재워
흐를 날이 그 언제리

물결쳐 간 묏부리는
맥박으로 살아 뛰는데

짙은 피 한숨결로
불타오는 조국이여
새벽빛
부시는 해로
얼굴마다 넘쳐다오.

* 태없이 : 전라도 방언 '표나지 않다' '큰 문제없다'의 뜻으로 쓰임.

거울 앞에서 · 1

마주하는 벽마다
시간이 스쳐 간다
언제나 돌고 도는
끝없는 회랑(回廊)
어둠이
부딪는 자리
창 앞에 서 본다.

눈 깊이 투명하게
하루가 저무는 곳
주름잡힌 세월을
안으로 결 다듬어
마음 속
깊이 서 있는
나무 한 그루.

눈감으면 놓쳐 버릴
아득한 옛날 속에

쏟아지던 아침의
짚히지 않는 허수(虛數)
바람이
펄럭이는 곳
흰 눈이 쌓인다.

거울 앞에서 · 2

일 년 열두 달
늘 갇혀 지내다가
마음의 창살에
한지(韓紙) 한 장 바르며
물빛의
비워 둔 자리에
가만히 다가선다

하루가 투명하게
비어 오는 어느 오후
마주 보기가 눈부시어
꿈 밖으로 나와 보면
웃자란
그리움들이
층층으로 쌓이네

깨어 있는 것들을
만나기 위하여

저무는 강가에서
물 소리를 듣다가
겨울이
떠나는 자리에
풍선 하나 띄운다.

유달산(儒達山)

다도해(多島海) 그 물결 사이로
달려가고 싶은 마음
몇 번을 썼다가
몇 번이나 지우는가
저무는
하루 사이로
불태우던 저녁놀.

뭍으로 밀리는 바다
바다로 흐르는 뫼
청호(靑湖) 검푸른 물 언덕
외진 끄터리
바닷가
층층대에서
굳어 가는 몸뚱이.

여윈 손 부여잡고
울어나 보자고

오가는 사람들의
가슴에 떠오는 흰 돛
물 깊이
자라는 그리움
노적봉(露積峰)에 어린다.

사슴

천(千)으로 만(萬)으로
눈 안에 차오는 건
열 새 베 얼비치는
고운 가을 빛
눈감고
서 있노라면
다가오던 순한 짐승.

흐르는 바람에도
귀가 밝아서
스치는 잎새에
가슴이 내리고
먼 하늘
기다림으로
길어지던 그림자여.

옹달샘 굽어 보다
별빛을 우러르면

눈시울에 스며드는
그 파란 하늘 빛.
번지는
산그리메에
그리움이 젖는가

지리산 철쭉

해가,
바뀔 때마다 타오르는
저 불빛.

몇 번이나 번지는가
임리(淋漓)한 핏물.

산허리
감아 도는
아픔의
불길이여.

채석강

푸른 물에 씻기는
새하얀 모래알들

임자 없는 나룻배에
달빛이 차오르면

물 되어
흐르는 세월
가슴으로 밀린다.

나무 · 1

하고 싶은 말들이
너무나 많아서

이파리만 반짝이다
웃는 나무들

계절이
내릴 때마다
물이 들어섰구나.

누군가의 가슴에
녹슨 흔적을 남기고

잔으로 차 오르는
하늘빛을 받으며

비탈진
언덕길에서

옷을 벗는 나무들.

나무 · 2

다소곳이 수그리고
기도하는 계절이다.

손수레에 실려 가듯
세월이 가면

여위는
생각 사이로
젖어 오는 하늘 빛.

올 것 같은 발자국에
귀를 모으며

목까지 차 오르던
하늘 빛 푸른 욕망.

그리움
젖어 올 때면

눈을 감고 서 본다.

나무·3

여인의 볼에
가을이 익어 갈 때

부러진 생각 끝에
지는 단풍잎 하나

가슴의
붉은 배란기(排卵期)
솟구치는 은행(銀杏)나무.

나무들의 생각은
조금씩 깊어만 가고

지그시 눈감으면
일어 오는 은어 떼

젖은 귀
열어 두고서

돌아보던 지난날.

고귀한 정신주의 혹은 외로움에 대한 성찰

염 창 권

시인

전원범 시인의 시는 고요하다. 아니, 간이역처럼 외롭고 쓸쓸하다. 그러나 그의 시에 간이역이라는 팻말은 없다. 다만 모두가 서둘러 지나쳐 버리는, 망설임 없이 몸을 비켜 가는 그 쓸쓸한 곳의 상념 같은, 때때로 너무 느린 것에 우리가 상념을 멈출지라도, 그는 정말 간이역처럼 서 있다.

설령 그가 자신이 서 있는 곳은 간이역이 아니라고 항변한다 하여도 필자는 그의 시를 간이역으로 생각하기를 주저하지 않을 것이다. 왜냐하면 그의 시는 정말로 여백이 많아 잠시 멈추어 생각하지 않으면, 그 순수한 동경과 고요의 세계에 결코 도달할 수 없기 때문이다.

아래 시 「변성기(變聲期)」에서 그 간이역을 향한 출발

의 단초를 보여준다. 변성기는 성인으로의 입사식(入社式)
이 시작되고 있다는 몸의 예고이다. 몸은 정신이 거주하는
하나의 우주이므로, 몸의 변화는 정신을 멀고 아득한 곳으
로 인도한다.

1

먼 시간 속에는 비가 내리고 있었다
나뭇잎들의 발자국 소리를 들으며
간이역 빈 좌석(座席) 위에 찬비가 내린다.

2

세월이 돌다가 감기는 자국마다
깊은 잠 어디선가 몰려오는 푸른 송도(松濤)
아득한 어둠 끝에서 일어서는 새떼 소리

—「변성기(變聲期)」 부분

그의 시 「변성기(變聲期)」는 내향적이나 '푸른 송도(松
濤)'에서 보듯 남저음(男低音)의 웅장함이 있다. 어둠을 비
집고 새떼를 날려보내는 입사(入社)의 공간은 엄숙하지만
한편으로는 고요로 충만해 있다. '찬비가 내리'는 간이역
빈 좌석 위에서 그는 성년의 시간을 짐작하는 것이다. 이
러한 세계는 외롭고 쓸쓸하나 삶의 경건함을 잃지는 않는
다. '먼 시간'을 내다보는 그의 귀에 '나뭇잎들의 발자국
소리'가 들리고, 세월의 물레질이라 할 나이테가 감긴다.

그 나이테를 통해 세월의 두께를 만져보는 듯하다. 여기서 우리는 구체적인 삶의 현상을 넘어서서 삶의 본질에 육박하고자 하는 시인의 정신주의적 태도를 엿보게 된다. 이러한 태도는 그가 발견한 삶에 대한 성찰의 방식이자 주요한 시적 형상화의 방식이다. 그의 시 세계는 이로써 예감된다 하겠다.

삶의 본원적 정서로서의 쓸쓸함과 외로움, 이는 시인만의 몫이 아니라 지상적 존재자로서 우리 모두의 몫이다. 그런 점에서 시인이 빚어내는 시편들은, 실존적 차원의 정서인 쓸쓸함과 외로움의 근방에서 우리를 서성이게 하고, 마침내는 그곳으로부터 떠나도록 길을 내어주는 간이역에 다름 아니다.

1. 기억의 성소(聖所) – 외로움의 뒤란 같은

바슐라르는 '시는 몽상을 모으고, 꿈과 추억을 주워 모은다'고 하였다. 그의 방식대로 말하면, 시인은 본질적으로 몽상 속에서 행복해지고, 시인의 몽상에 참여하는 한 독자도 행복해질 수 있을 것이다. 시인은 마음의 등피를 닦고 램프를 켠다. 그 불빛이 비추는 공간이 몽상의 영역이다. 이 몽상의 불빛들은 기억을 하나 둘 깨우며 이들을 몽상의 영토에 현전(現前)시킨다.

시인이 램프를 켜고자 하는 동인(動因)은 아무래도 삶의 고단함에 있었으리라. 시간을 공간으로 환치하는 계단

끝에서, 시인은 어린 왕자처럼 점등의 시간을 갖는다. 그
점등의 시간은 고요하게 열린다.

> 가슴까지 차오르는 하루의 계단 끝
> 기척없이 다가와
> 물빛 잠을 사루다가
> 기억의 가장자리로
> 짙어 오는 생각들
>
> 넘치는 물살의
> 욕망은 가라앉고
> 하루를 살다가도 몇 번이나 지웠다 쓴
> 뉘우침의 가지 끝에서
> 타오르는 빛이여.
>
> 돌아오는 사람과
> 돌아가는 사람들이
> 마지막 출항의 등불을 밝힐 때
> 맨살의 가슴 위에서
> 출렁이는 바닷물
>
> 떠밀리는 세월 속
> 창마다 걸리어

보이지 않는 손 그리움의 빛깔로

누구의 여윈 가슴에

젖어 타고 있을까

—「램프」 전문

　기억의 시간들은 밀려오는 물살처럼 가슴의 가장자리를 돌아 출렁이는 바닷물로 증폭된다. 시적 화자는 뒤척이는 밤, 꿈속에서 물빛 잠을 이루다가 마침내 뉘우침의 불빛을 피워 올린다. 여기서 돌연히 '뉘우침'이란 무엇인가. 그것은 '돌아오는 사람과/ 돌아가는 사람'이 '마지막 출항의 등불'에 얼굴을 밝히듯, 지상적 존재로서의 인과를 헤아리고 여기에서 결코 벗어날 수 없는 연약한 자아에 대한 쓸쓸한 자기 반성이다. 한편 그의 물방울은 대단히 무겁기도 하다. 이 때의 물방울은 경험적이라기보다는 이드(Id)의 물방울에 가깝다. 시인은 이를 감지한다. 그는 이 무거운 물방울을 가라앉히고, 가볍고 정갈한 물방울로 떠밀리거나 출렁이고자 한다. 시간을 가벼운 물방울로 환치하는 이 시는 물방울의 순환성에 기초하고 있으므로 시간은 결코 소실되지 않고 늘 그대로의 현재에 위치한다. 그러므로 '젖어 타는' 그 시간은 경험으로서의 과거이자 진행형으로서의 현재이다. 시인은 몽상을 통하여 과거를 현재에 사는 셈이다.

　램프의 빛이 가 닿는 곳에 시인은 기억의 성소(聖所)를

147

마련한다. 단아한 시조 형식과 투명하게 우려낸 영혼의 빛깔이 정밀하게 연결되는 엄숙한 시간이 바로 거기에 있다. 그의 성소는 어느 시에서나 매우 정갈하게 다듬어져 있다. '기다림의 불빛'이 비추는 곳이나 '솔 그늘지는 자리' '허허로운 마음의 빈자리' '뒤란' '빈터' 등이 그가 즐겨 기억을 불러내는 장소이다. 그는 이 성소를 마련하기 위해 쓸거나 닦고, 지우거나 흔들리는 의식을 치른다. 그리고 맑게 닦인 그곳에 서서, 먼 기억을 향해 불빛을 던진다. 그 불빛이 비추는 곳에는 결코 지워버릴 수 없는 기억의 실체들이 몸을 드러낸다. 그는 기억을 통해서만 현전하는 대상들에 대한 그리움으로 눈물을 떨구거나 꽃 하나를 피워낸다. 이 눈물과 꽃은 지상적 존재자로서 그가 켜는 등불이다. 그 등불은 고요하고 따스한 나트륨 등빛이다.

    켜 놓은 생각들을
차마 끄지 못하여

마디마디 달아 놓은
기다림의 불빛

잎마다
귀를 세우고
빗소리를 듣는구나

걸어온 삶의
얼룩을 지우며

소망 하나 접어 두고
살아온 사람

솔 그늘
지는 자리에서
흔들리고 있어라

―「초롱꽃 하나」 전문

　시적 화자는 오솔길 위에서 단독자로서 자기 존재와 대면하게 되는데, 이 때 그리움의 객관적 상관물이라 할 수 있는 초롱꽃을 발견하게 된다. 이 초롱꽃은 길가에 피어있으면서도, 실상은 '켜 놓은 생각들을/ 차마 끄지 못하'듯 그리움을 차마 지우지 못하고 있는, 화자의 내면에 피어 있는 꽃이다. 초롱꽃이 마디마디 그리움을 반향시키는 등불을 켜듯, 화자의 내면에도 그리움을 반향시키는 등불을 켜고 있다. 기억의 꽃잎들이 밝히는 불빛과 화자가 켜는 불빛이 조응하고 있는 순간은 고요하고 정밀하나, 삶의 신산을 거쳐온 쓸쓸함이 배어 있다. 이로 인하여 마침내, '뒤란에/ 피는 한 송이/ 깨꽃처럼/ 타리라「독백(獨白)·1」'는 언표가 자연스럽게 들린다.

2. 식물성의 그리움, 그 초월의 자세

그의 신춘문예 당선작인 「목재소(木材所)의 밤」은 식물
성의 세계가 건강하게 그려지고 있다. 톱날에 켜지는 목재
의 아픈 결을 통하여 원시의 숲 속과 어둠을 빠개고 일어
서는 성장의 소리를 찾아낸다.

원시의 숲 속에서

잎을 비비던 생각의

미명의 어디쯤

씨 뿌리던 손들의

한 그루 싱싱한 나무

자라 오는 소리들.

—「목재소(木材所)의 밤」 부분

나무들은 자신의 목질에 이미 불꽃을 간직하고 있다.
그러므로 아픔의 톱날에 켜켜이 잘려 나가지만, 그 목재의
질료는 쓰러지지 않고 다시 일어서기를 반복한다. 이미 그
질료 속에는 어둠을 태워 버릴 불꽃의 열량이 내재되어
있기 때문이다.
이후의 시에서, 그의 상상력은 이항 대립적인 구도로
확대되는데, 이 대립적인 세계를 매개하는 것이 식물성의
초월 의지이다. 이항대립의 축에서 한쪽은 지상적인 존재

150

로서의 물질성이다. 그것은 물빛, 비, 눈물, 강물, 인연 등
으로 나타난다. 그들은 내부로부터 충만하여 점차 넘치게
된다. 다른 한 쪽은 초월적인 상태로서 등불, 꽃, 소망, 별
등이 해당된다. 이들은 물빛 그리움을 질료로 하여 상승의
불꽃을 켜든다. 이 대립적 구도에서 하방적인 아픔의 질료
들이 상방적인 초월의 빛을 띠기 위해 중간자로서 식물성
의 솟아오름과 명상적 시간의 고요가 자리한다.

그의 시에서 전반적으로 드러나는 정서는 떠난 것에 대
한 그리움이나 회한이다. 아름다웠지만 짧은 순간에 지나
가버린 운명 같은 만남 이후, 그 기억은 그에게 깊은 상처
를 남긴다.

마음의 눈물마저
흘릴 곳이
없어서

마음에 없는
눈물만
조금씩 흘리다가

가진 것
다 내어 주고
맨몸으로 서는

나무

웃자란 슬픔들이
어깨에 내릴 때

은사시나무 잎으로
하루 내내
흔들리다가

또 다시
강을 건너며
별 하나를 지운다.

─「맨몸으로 서는 나무」 전문

위의 시에서 그리운 기억을 떠올리는 시적 화자의 자세
는 식물성이며, 메저키즘적이기까지 하다. 그리운 기억을
현전시키기 위해서는 지상적인 옷을 모두 벗어야만 하는
가을 이후의 시간이 필요하다. 거추장스러운 삶의 껍질들
을 모두 벗고 존재자로서 자신과 대면하는 순간, 슬픔의
정서를 동반하는 그리운 대상이 떠오른다. 대상에 대한 그
리움은 눈물이나 별처럼 잘 닦여져 있다. 여기서 '마음의
눈물'이나 '별'은 자신의 내부에 깃든 아니마(Anima)나 본
래적 자아의 또 다른 이름이다. 시적 화자는 아니마의 대

유물인 별 하나를 지운다고 했지만, '또 다시'라는 종장 첫구의 시어가 보여주듯 그 별은 다시 떠오를 것을 예감하고 있다.

　이러한 기다림과 고독의 순환적 고통은 「팽이」에서 시지프스 신화처럼 가열차게 거슬러 오른다. 그리움에 대한 정신주의적 몰입은 그를 팽이와 같은 직립의 세계로 인도한다. 이 직립의 수목은 '죽어도 눈감지 못할/ 그리움'으로 인하여 고독한 운동을 지속한다.

　　이 고독한 운동으로부터
　　벗어나고 싶다
　　남루(襤褸)한 탈을 벗고
　　쓰러지고 싶다
　　품계(品階) 밖 저만치 서서
　　물구나무라도
　　서고 싶다.

　　죽어도 눈감지 못할
　　그리움 하나 때문에
　　한 벌뿐인 목숨을
　　감아 온 마디마디
　　이제는 문 밖에 서서
　　혼자라도

돌고 싶다.

풀리는 태엽으로
하루를 보내며
헛짚어 온 나날을
털어 내면서
참된 내 자리에 와서
맷돌이
되고 싶다.

—「팽이」 전문

　　이 시에서 지속되는 원운동은 삶의 순환성, 그 순환적
속성으로 인하여 만남과 이별이 끝없이 변주되는 삶에 대
한 빼어난 은유이다. 시에서 팽이는 운동을 통해서 스스로
를 증명한다. 지상의 중력장에서 존재의 무게에 저항하여
꼿꼿이 서는 팽이, 그것은 온몸으로 피워 올리는 갈망의
꽃이다. 그러나 '한 벌뿐인 목숨을' 붙들고, 직립 아니면
쓰러지고 마는 간절한 그리움, 시인은 이러한 극한적인 인
과의 틀에서 벗어나고 싶어한다. 마침내 그 가열찬 성찰의
끝에 허무가 도달하는 것이다. 끝에서 그가 지향하는 '맷
돌'은 내부에 밖을 지니고 있는 모호한 존재이다. 신의 손
길처럼 몸 밖의 누군가에 의해 운행되지만, 안과 밖의 이
중성에 의해 누군가를 소유할 수 있는 갈망의 또 다른 현

실이다. 그러므로 그리움은 영원히 순환된다.

       가지 하나 흔들면
       따라서 흔들리는 하늘

       하늘 그 빈자리에
       오월이 또 오면

       잊었던 얼굴 하나
       가만히 다가온다.

       가장 은밀한 곳에
       숨겨 놓은 이야기는

       보이지 않는 곳에서
       조금씩 흔들리다가

       별들이 우수수 지듯
       감꽃으로 내린다.

─「감꽃을 주우며」 전문

  대지가 피워 올린 등불이 꽃이라면, 하늘에 피어 있는
등불은 별이 된다. 그 등불이 비추는 곳에 잊었던 얼굴들
과 숨겨 놓은 이야기들이 되살아난다. 이 되살아남은 '흔

들면' '흔들리'거나 '다가오고', '흔들리다가' 떨어져 쌓이
는 동사의 연쇄고리를 형성한다. 이 시에서, 얼굴과 이야
기들에 대한 구체적인 형상은 온전히 독자의 몫으로 주어
져 있다. 우리는 독자의 입장에서 오월의 감꽃을 통해 어
린 시절 배고픔의 주변에 어울려 있던 그리운 얼굴들과
이야기를 떠올릴 수도 있고, 오월의 금남로와 그곳에서 감
꽃 줍던 어린 시절을 들려주던 한 시인의 얼굴을 떠올릴
수도 있다. 이것은 시인이 마련해 놓은 기억의 성소에 참
배하며, 시인이 만들어 놓은 빈자리에 독자 나름대로 기억
을 불러내며 읽는 기쁨이다. 시인은 그 기억들을 불러모으
기 위해 식물성의 등불들을 내어다 건다. 그 불빛은 워낙
맑고 정갈한 빛을 뿌리고 있어, 그 불빛 밑에서 우리가 회
상의 작업에 동참할 때 잊혀졌던 얼굴들이 하나 둘 떠오
르게 된다. 추억은 그 자체로서 우뚝 서서 우리를 채우고
있는 것이 아니라, 우리가 그 추억을 향해 불빛을 던졌을
때야 비로소 다시 살아나 우리의 현재가 된다.

3. 감김과 풀림의 시학

인과에 얽혀 지속되는 삶은 '인연의 연실'로 은유된다.
'떨림'의 순간을 거쳐 그대와 만남을 이루고, 이윽고 헤어
짐을 갖게 된다. 얽히고 설킨 인연의 끈을 풀어 가는 것이
삶이듯, 어느덧 강물은 밀려가고 세월은 흘러 이마에 그

흔적을 남기게 된다.

> 들풀은 들풀끼리 서로가 어우르고
> 강물은 강물끼리 만나서 흐르듯
> 인연(因緣)의 연(鳶)실에 얽혀 살아가는 우리들.
>
> 생각 끝에 와 닿는 하나의 연서(戀書)처럼
> 언제나 깊이 모를 떨림으로 다가와
> 갈대로 흔들리면서 바장이는 우리의 삶.
>
> 너의 가슴께에 자리하는 꽃으로
> 이제 다시 호젓한 산길을 가다가
> 주름진 나이로 서서 잎 하나를 떨군다.

—「삶」 전문

「삶」에서 시적 화자는 산길에 접어든다. 이 시에서 '삶의 영위'와 '산길 걷기'가 등위적으로 연결됨으로써, '산길 걷기'는 인간 개체가 숙명적으로 안게 되는 본연의 고독에 대한 미학적 대용물이 된다. 이 시에서 보여주는 세계는 순리에 의탁하듯 조용하고 잔잔하다. 여기서는 어떠한 강퍅한 몸짓도 보이지 않는다. 다만, 인간에게 필연적인 단독자로서의 고독을 순수 서정으로 승화시키고자 하는 모습이 보일 뿐이다.

「실」에서는 전통적인 여인네의 삶이 ‘감김’과 ‘풀림’이
라는 변주를 통해 역동적으로 전개된다. 감는 행위는 세월
을 따라 삶의 무늬를 짜 가는 것이고, 풀어내는 것은 그
의미를 세세히 되뇌이는 것이다.

할머니
물레 소리에
감아 두었던
그
시절이.

어머니의 바느질로
깁고 깁던
그
푸른 꿈이

아내의
뜨개질 사이로
풀려 오는
실
한 바람.

―「실」 전문

이 시에서 '실'은 여인네들의 인연에 얽힌 삶과 가사노
동을 의미하는 객관적 상관물이다. 시적 화자는 아내의 뜨
개질에서 풀려 나오는 '실 한 바람'도 예사로이 보아 넘기
지 않는다. 실상 '실 한 바람'이 아내의 생활 속에 자리잡
기까지, 이 실을 물려 준 할머니와 어머니 세대의 삶과 꿈
이 겹쳐지는 시간과 인연을 필요로 했던 것이다. 그리고
이 시가 갖는 또 다른 의미망으로서 '물레 소리 → 바느질
→ 뜨개질'로 전치되는 삶의 양상도 주목할 만하다.

4. 시적 의장(意匠)으로서 자아의 대상 투여

조동일은 갈래론에서 서정갈래의 특징으로 '세계를 자
아화'하는 상상의 방식을 제시한 바 있다. 이러한 입장에
서 시를 독해한다면, 시적 형상은 외적 세계를 서정적 자
아의 내적 풍경으로 재형성하는 것이 된다. 「거미가 되어」
는 시적 의장을 취하는 방식으로 자아의 대상 투여, 달리
말하면 '몸 바꾸기'가 자연스럽게 이루어지고 있다.

하늘이 흔들리며 다가오는 자리에다
밟혀 오는 얼굴 하나
매달아 놓고
한 가닥 줄을 타고서
밤에도 낮에도 간다.

은실 하나 이끌고

허공의 길을 걸어서

나 거미가 되어 그대에게 간다

잎 다 진 고갯길에서

바람으로 만나는 우리

―「거미가 되어」 전문

한 가닥 줄을 타고 허공을 걸어가는 거미의 길은, 「팽이」에서 보았던 무거움에서 벗어나 가벼움의 길로 들어서고자 하는 서정적 자아의 삶의 길에 대한 은유이다. 이 시에서 그대를 향한 그리움의 길은 인연의 실을 순리에 따라 풀어가듯 자연스럽다. 거미는 상방공간과 하방공간 사이에 아슬히 걸쳐 있는 '얼굴' 혹은 생의 무늬를 직조한다. 「팽이」에서 보여 주었던 참을 수 없는 존재의 무거움을 벗어버리고, 가벼워진 영혼의 길을 가는 것이다. 그 길은 바람처럼 자유롭다. 하늘에 걸려 있는 얼굴과 허공의 길이 겹치며 어우러지는 시·공간의 시각적 열림은 그의 시적 성취 가운데 단연 돋보인다.

'감김'이 지상적 존재로서 응축을 지향함으로써 무게를 갖는다면, '풀림'은 초월적이며 존재의 가벼워짐에 대한 동경이다. 거미는 인연의 실을 풀어 허공에 길을 놓고 그 길을 따라 그대를 찾아간다. 이 줄은 위태로운 외줄타기라 하기보다는 순명(順命)의 길이라 해야 옳다.

미국의 시인 크릴리는 '시의 언어는 사물의 에너지에서 온다.'고 언명했다. 여기서 '사물의 에너지'를 '물질 세계의 현실'이라고 해석한다면, 그 현실은 즉물적인 세계보다는 '유동적인 시인의 경험으로서의 현실 세계'라고 해야 옳다. 그러므로 시인은 경험으로서의 현실을 순수 현재의 시간에 시라는 의장을 통해 제시하여 주는 자라고 할 수 있을 것이다. 김우창은 이와 관련하여 '시의 순간은 순수한 경험의 순간이다'라고 덧붙인 바 있다.

전원범 시인의 시는 순수 경험의 시간을 펼쳐 보인다. 시적 기표가 바로 경험의 현재를 환기시킨다는 것은 분명 놀라운 일이다. 「거미의 길」은 서정적 자아의 마음 허공에 걸려 있다. 그 길은 너무나 가벼워서 지상의 중력이 미치지 못할 만큼 초월적인 정신의 깊이를 획득하고 있다.

또한 그만큼 시인은 영원한 현재에 위치해 있다. 그의 시작(詩作)과 함께……

전원범 연보

1944년 전북 고창 출생.

1963년 고창고 졸업.

1968년 시집『젊은 현재완료』(전남대출판부) 발간.

1969년~80년 광주교대 졸업. 영광초등학교(5년 간), 광주 동신고
        등학교(5년 간), 광주 동신여자고등학교(2년 간)에서 재
        직.

1971년 『새한신문』 현상공모 시「방과후(放課後)」 당선.

1972년 『전남일보』 신춘문예 동시「꽃씨」 당선.

1973년 『월간문학』 신인상에 동시「바다와 하늘」 당선.

1975년 서울대 사범대(교육원) 국어과 졸업.『중앙일보』 중앙문
        예에 동시「해」 당선.

1976년 동시집『빛이 내리는 소리』(아동문예사) 발간.

1978년 고려대 교육대학원 한문교육과 졸업. 전국 민족시 백일
        장 장원(「임진강」).『시조문학』에 시조「램프」 천료.

1979년 시조집『걸어가는 나무들』(현대문화사) 발간.

1980년 동시집『종이꽃의 기도』(최일환 · 임인수 공저 ; 교학사)
        발간.

1981년 동강대학(전 동신전문대학) 교수(5년 간).『한국일보』 신
        춘문예 시조「목재소(木材所)의 밤」 당선.『시문학』에

시 「몸살」 「여인의 손」 「팽이를 돌리며」 등 천료. 현대아
동문학상 수상(「해」 연작).

1982년 시집 「달개비꽃」(교음사) 발간.

1983년 소파문학상 수상(「실」).

1984년 『아동언어지도』(문성출판사) 발간.

1986년 광주교육대학교 교수.

1989년 시집 『밤을 건너며』(시간과공간사) 발간. 현산문화상 문
학부분 수상.

1990년 광주문학상 수상. 시조집 『이 걸음으로 어디까지나』(공
저 ; 시간과공간사).

1992년 방정환문학상 수상. 동시집 『꽃들의 이야기』(규장각) 발
간.

1993년 세종대 대학원 국어국문과 졸업(문학박사). 동백문화예술
상 문학부문 본상. 광주광역시 문인협회장(3년 간). 『한국
전래동요연구』(바들산) 발간.

1995년 광주광역시 시민대상 예술부문 수상. 『한국시조』 작품상
수상(「팽이」).

1996년 고창문학상 수상.

1997년 시조집 『맨몸으로 서는 나무』(동학사) 발간. 황산시조문
학상 수상.

현재   광주교육대학교 교수로 재직 중.

참고문헌

경 철, 「전원범의 시조와 서정성」, 『현산문화』, 1989. 12.

김 종, 「서술어로 읽어 낸 전원범 정신의 조응과 광채」, 『겨레시
　　　　조』, 1993. 여름.

이유식, 「부끄러움과 죄의식의 시학－전원범론」, 『이유식 문학 평
　　　　론집』, 교음사, 1984.

최 용, 「전원범론－이미지의 힘, 교감의 따뜻함」, 『아동문학평
　　　　론』, 1994. 가을.

최 용, 「전원범론」, 『아동문학평론』, 2000. 봄.